南阳青年作家丛书

裸露的沙土

涛滔 著

中原出版传媒集团
大地传媒
大象出版社
·郑州·

图书在版编目(CIP)数据

裸露的沙土 / 涛滔著.— 郑州 : 大象出版社,
2016. 2
(南阳青年作家丛书)
ISBN 978-7-5347-8720-1

Ⅰ. ①裸… Ⅱ. ①涛… Ⅲ. ①诗集—中国—当代
Ⅳ. ①I227

中国版本图书馆 CIP 数据核字(2016)第 001249 号

南阳青年作家丛书
裸露的沙土
涛 滔 著

出版人 王刘纯
责任编辑 王晓宁
责任校对 毛 路
装帧设计 付锬锬

出版发行 大象出版社(郑州市开元路 16 号 邮政编码 450044)
发行科 0371-63863551 总编室 0371-65597936
网 址 www.daxiang.cn
印 刷 郑州瑞光印务有限公司
经 销 各地新华书店经销
开 本 787mm×1092mm 1/16
印 张 14.25
版 次 2016 年 2 月第 1 版 2016 年 2 月第 1 次印刷
定 价 35.00 元

若发现印、装质量问题,影响阅读,请与承印厂联系调换。
印厂地址 郑州市二环支路 35 号
邮政编码 450012 电话 0371-63956290

总　序

南阳是国家历史文化名城，文化底蕴厚重，文化资源丰富，文化名人辈出。理清南阳文化发展的脉络，才能更好地探寻南阳文化发展的道路与方向。通过这几年对南阳的了解与感受，我认为文化是南阳最突出的城市符号，是南阳未来发展的宝贵资源。

南阳是汉文化的昌盛之地，其标志性无可取代。早在战国时期，南阳就是全国的冶铁中心，农业、手工业都十分发达。西汉时，南阳"商遍天下，富冠海内"，为全国五大都市之一。东汉时，光武帝刘秀发迹于此，故南阳有"南都""帝乡"之称。经济的繁荣有力地推动了文化艺术的发展和昌盛。两汉、三国时期南阳名人荟萃：张衡的科学成就举世称誉，因而他被列为"世界十大文化名人"之一；以医圣张仲景为代表的汉代医药文化是中华民族乃至世界医药文化宝库中的瑰宝；足智多谋的军事家诸葛亮成为人类智慧的化身。南阳的文学、乐舞、绘画、雕刻等艺术门类异彩纷呈，各领风骚，在整个汉代文化艺术中占据着举足轻重的地位。特别是最能反映汉代艺术水平的南阳汉画像石和汉画像砖，朴素而不单调，豪放而不粗疏，被世人称为"东方艺术宝库"。

南阳是河洛文化、荆楚文化和秦巴文化的荟萃之地，其多样性特色鲜明。南阳文化既有河洛文化的典重质实，又有荆楚文化的清奇灵巧，还有秦巴文化的苍凉豪放。这是南阳自古以来优越的自然环境、发达的水陆交通和良好的社会经济环境决定的。南阳境内河流纵横，山川秀丽，是长江、黄河、淮河三大水系的分水岭和南北气候的分界线。从春秋战国时期起，南阳郡为秦、楚等国与中原各国的交通枢纽，由关中向江淮此乃孔道，由伊洛向荆襄此乃要冲，既是南北交通的咽喉，又是西北通往东南的必由之路。发达的水陆交通和优越的自然环境不仅为南阳的经济繁荣提供了得天独厚的条件，更为河洛文化、荆楚文化和秦巴文化在这里的交融与发展奠定了基础。

南阳是文脉相承的兴旺之地，其稳定性十分罕见。得益于优越的自然环境和区位优势，并且较少受到战争的影响，自古以来南阳文化都十分发达，兼容并包，千姿百态。兴旺的文脉如长河奔流滔滔不息，从未中断。自两千多年前到现在，南阳可谓“江山代有才人出，各领风骚数百年”。以科圣张衡、医圣张仲景、商圣范蠡、智圣诸葛亮这“四圣”为代表的历史文化名人灿若群星；“二十四史”里有记载的南阳历史文化名人超过 800 人。到了现当代，南阳名人仍然层出不穷。目前，仅南阳籍两院院士就有 19 人，占河南籍两院院士的三分之一。另外，还有以姚雪垠、二月河等为代表的南阳作家群等。

先辈留下的丰厚文化资源为我们开展文化建设提供了得天独厚的有利条件。我们要在传承和保护南阳厚重文化的基础上更好地创新与发展，充分发挥文化引领风尚、教育人民、服务社会、推动发展的作用，使文化成为实现南阳跨越式发展的新动力，成为南阳城市发展的终极竞争力，这是我们共同的历史使命。人类前行到今天，“文化是根，文化是魂”的共识更有力地彰显出文化本来应有的鲜明印记。如果说文化是人类改造客观世界过程中创造的精神成果的总和，那么，一个国家对民族精神的塑造肯定是文而化之的结果。在这个过程中，文学无疑充当着十分重要的角色。它不仅是民族精神最形象、最直接、最生动的体现，而且也考量着人类社会发展的文明程度。毫无疑问，南阳作家群在南阳文化建设方面发挥着积极的推动作用。南阳现有国家级作协会员30人、省级作协会员340人、市级作协会员450人，其中在全国知名或有相当影响的就有十数人。南阳作家群以整齐的阵容、众多的人数、独特的作品在中国当代文坛筑起一道亮丽的风景线，不仅成为文学豫军的重要力量，而且在中国文坛具有相当大的影响，是南阳当之无愧的文化名片和南阳人的骄傲，堪称南阳文化建设的一面旗帜。

近年来，南阳市委、市政府高度重视并支持南阳作家群的发展。为建设人才队伍，培养文学新人，南阳成立了文学院，加强了《躬耕》杂志、《南阳日报·白河副刊》等文学阵地的建设，为南阳的文学创作营造了良好的环境。全市广大作家坚持以人民为中心的创作导向，深入生活，扎根群众，创作了一批精品力作。这次我们从南阳老中青三代作家中遴选出35位代表，将其优秀作品以“南阳青年作家丛书”和“南阳作家自选集”两套丛书的形式结集出版，这是南阳文学发展史上空前的举措，旨在助推南阳文学创作，全面系统地展示南阳当代作家的整体实力，为南阳转型跨越、绿色崛起提供强大的精神动力和文化支撑。希望这种助推能够成为南阳作家投身文学创作的新动力，期盼各位作家在个性化的文学创作中获得更大的成功。

中共南阳市委常委、宣传部长　王新会

2015年11月19日

目　录

第一辑　幸福麦田

卧龙岗

雨的背影叫小巷　短暂地
通过　小草和古柏
轻拂时空　大地上散落的铭文
南阳卧龙岗　远古的灯盏
从三顾桥到草庐　玉器以及摆在商铺里的
出师表
季节的焊点　炭红

次　第

次第　我是说这梦
春天的梦　和春的脚步一样的
散乱而又让人无可抵御
帆和舷很嫩　我只能做落水的挣扎者
胀痛　所有的花蕾一并怒放
红或白的烽火

三　月

悄悄地打磨
水的硬度　在三月里
雨　桃色的花瓣　不断成长着的利器
剥去玉质　它有刺眼的锋芒
三月　雨摧毁冬的纹理
春潮在囚笼外舒展　富有弹性的柔体
用心去抚摸或是亲吻
枷锁断裂

舒展　显现枝丫皱纹的性感
这三月的高度　是多么的辛苦和疼痛
昨夜风一直在吹
游离的枯萎作孤寂状
和一朵桃花同行　阳光渐暖
这片叶子勇敢地贴过来
顺着河床

惊动　寻觅荠菜的美丽女人

抽毛芽的三月
明净的女人　温柔的水
你看这满眼的嫩油菜
你看这满帐的粉桃花
捂不住的心动
赶紧　俺要和柳笛亲个嘴
孩子说　风筝飞了

赶雨的人

一些人悄悄地躲藏　生怕惊走
这可爱的雨花儿
从天空中响起第一声信号开始
这些人　静静地虔诚地等待
挤在房檐下　藏在林荫里
雨下透了　赶雨的人　开始勤奋地采摘
用勤奋的脚步　带着执着的梦想
采干最后一滴雨

月　光

我可以告诉你
你想象不到这是怎样的一段时光
城市在身后　林子和我们的村庄在一桥的距离之外
同样隐没
我带着铜质的钥匙和行走的道具
是的　我说的是这白河老桥和它的小坝流水
再接下来
我把自己锁进这名叫月光的花丛中
他们的城市　林子和我们的村庄　一切都被隐没
现在　只有月光和我
轮廓　逐渐开始清晰

幸福麦田

桃花　一群沉默已久的女人
它们笑容绽放的时间很短
女人　倒更像这桃花明净的枝丫
在乡村　她们接连成河流
在城市　她们交错成巷道
男人就挨着这枝丫　有模样地林立

不用围墙　我们的楼台很高
挨近月光的地方
丛林是丛林　或许我们也只是
它们眼中的丛林
街道是街道　楼群却注定是月河里的障碍物
在挨近月光的地方　我们收获街道
播种高粱　玉米　花生
我们守望着只属于自己的幸福麦田

和女人

男人　在女人的宽容和默许下成熟
清脆的雨滴　零星的声音
习惯和男人的手指
一同游走
这会是朵单色的花蕾
开放着一种幸福的温柔
青纱帐　城市的水泥窝棚
你不愿丢下的河流　还有这夜的安静
和女人　其实是和生活
手指再伸长些
身边还躺着我们
可爱的孩子

我在窗前守望春雪

这个下午　我们都在读雪
入心的柔　热饮的暖
持续到傍晚
路灯的温和
让先前扑棱着翅膀的那些鸟儿
安静地归巢
小酌　淡雅弥漫着伸出
在窗外　次第梨花白
一地可爱的猫咪
雪守望着幸福　和来年的春光

春是节日的序曲

春被裹在响鞭的红帐里
大地的新娘
这个茧破得热烈奔放　转眼间
春姑娘就来了
万家灯火　炮花为毯　满地满院
春的脚步　迈得如此含蓄而又轻盈
雪花的裙摆　高贵圣洁
大地动容之后　季节开始舒展
指柔似水　笑如风来
春姑娘亲吻着厚土上的子民
恩泽万物
幸福在涌动
春是节日的序曲
更是梦的起点

2012年，宛城

冬　暖

甘蓝微笑　竹韵暗潜
海关对面的小花园
老汉们会聚着　听曲剧
城市的嘈杂被轻描者遗忘
暖暖阳光　折去皱褶的夹竹桃
露出动人的诗意

春　梦

正月十五　和着烟花的异彩
雪在残风中隐去
就这样　又一个季节沉没
汉风楚韵　淯水河畔　搁浅经年的珠贝

可爱的故土宛城
春是兴旺的起点
槐林和芦花　泊在彼岸的葱茏
2012 年　城市的魔方　飞速地旋转
白河上的桥　悉数着南阳每一道年轮
孔明路上的摊铺机直抵九月
全国第七届农运会
南阳盆地的　又一季金黄

夏　花

热火朝天　摊铺机和塔吊持续着
盛夏的温度
从白河之滨到卧龙岗上
新农运　新南阳
勤劳智慧的建设者们　豪情万丈
练内功　打通经脉
运丹气　楚楚芙蓉出水来
一条条平整亮丽的道路
一栋栋拔地而起的高楼
一座座高规格的体育场馆
书写着南阳人新的篇章

秋　韵

帝都山水情　圣苑“牛牛”亲
华灯初上　流光溢彩　浅秋的白河

一改往日的安静与含蓄
展现着最迷人的光彩
绿城　水城　灯城　暗香浮动
花开在五湖四海宾朋到来的时候
欢歌在盛世和谐的全国第七届农运会
在秋的季节里　一切都开始更加浓郁
有真诚有执着　有微笑有喜悦　有激情有欢呼
魅力宛城　体育健儿会因你而来
带着强健的体魄和美好的梦想

在丹江大观苑

放下酒杯　把群山锁起　我们继续游走
五月末的这个晚上　丹江大观苑
一群兴奋的热带鱼
松林被野风吹过之后　别墅区开始荧光遍布
多么珍贵的青花瓷
我是多么想把它们依次敲响
月光不明的夜晚　贝贝执意要牵马　他拒绝作茧
接着再来　啤酒　松林　石桌　石凳
和诗人永普　李均　杨静　我们一起梦回唐朝
啤酒作丹水　红酒为山茶　只可惜此时
永伟哥云游去了鲁山
三里之外　半岛酒店　一艘始终未能启航的船

麒麟湖

草莓在柳荫下乍隐　一点的红
风燃向了夏季
掩映着　脉络难辨
六月裹紧山体
啤酒瓶拉长影子
有性情的珠贝　触及阳光
叶子给予过多的秘密
汲水的人　在西瓜上打了个叉
炊烟等待进入

羊群和牛　落地的语言调色板
走进浅滩的歌者
神情如它们　低头吃着草
挑剔中的随意与悠闲
湖水退避　兴致却未搁浅
像欢实的水草　从麒麟湖尾　游弋过去

放牧在湿地之外的湖心岛上
麒麟伏影　醉柳长卧　众人小酌
裸露的河蚌
初夏　是入腹的鱼汤

玉都行

镇　平

国际玉城　雕梁画栋
书香和石头的锋芒
青花在美玉的光泽里行走
春天　诗句　依次通过
时光　无限地穿越
蓝亭碧瓦间　注定了这又是一个
千年之后的传说
万源归宗
玉神在佛光里端坐

淅　川

香严寺　在玉的纹理里

继续飞行
古寺是一朵莲花上的含蓄
丹江轻和着禅语
千年隐于尘缘里　银杏里
不愿老去的是众生

丹　江

鸡唤醒了谷中的槐花
路边山坡上　牛是悠闲的石头
很多的鸟　从光的抒情中起程
石鼓　太极峡
一些藤蔓和野花　在山与水之间
禅悟天地阴阳
山峰迷恋丹水温情的依偎
两只大鲵
“太极”

麒麟湖，篝火

油嫩着　杨树的叶子已能够
奏响乡间的歌谣
草莓　初夏的微笑　风掠过羽毛
桃花和滩石的心

麒麟湖　在夜色弥漫之前
我们去拜见岛上的梨花
在这钢筋和水泥相对温和的地方
你可以想象一下自己
有对鸟儿一样的翅膀
想象自己能够听懂树与草的交谈
蝴蝶还没到来的时候
紫丁香的美胜过她整日的忧郁

篝火　手拉手　圈起来
让歌声扩散温暖的光亮　时光

在旋转　在狂奔
在静止　在燃烧
在遗忘　在拾起
金色的世界

英　雄

没有山峰　没有人群
只有列车停靠的小站
烟圈和安静　优秀的表演者
车上走下来一些比云彩更沉默的人
短暂的舒展
汽笛一响　这段历史就这样跟着走了
留下的是水灵的小花　青春　嬉笑
舞动的风
五角星和军帽
还在活着
还在旋转
还在记忆
这里的站牌上
孤零零地写着
桐柏

徐　庄

单程的车票　桃花跳不出春天
尊贵的礼节　暗示着生命的诞生　或者死亡
四月也会有落叶
落去情感的脆弱　落去憨厚的面容
落去让人熟悉的时光

确切地说　是五月末的徐庄
这个一辈子喝惯了白河水的人
被亲朋成群结队的人马护送着
来到名叫徐庄的土地上安详
盆窑街上的又一串老楝子　散落了

人们护送他步入金黄雄起的麦地
他静静地躺在收获时节
这块雄起的土地　风从此
哗啦啦响个不停

淅川行

丹江　玉兰花的树丛
风是水域上的花朵
明镜柔光　水是可以抵达圣地的浮云
丹江的案头有纸绢　谁能打开谁润色
南水北调　济世的经卷
南阳的父老乡亲　用爱来谱写序曲
淅川　三山之间　陶岔渠首
放飞 1432 千米的绿丝带
丹江水从此北去京津　无私的奉献
爱　没有碑文

拆开一首诗　莲的花瓣或盛开或飘零
真情和爱洒向人间
水的记忆　水的光影
让我们更难忘记的
是这些关于水和情的标签

“抛家舍业　四十万移民”
八百里丹江　故园再也无法寻回的梦
移民新村　爱的丛林
村挨着大路　路连着心
在毕店　在陈庄
在唐河　在淅川
在淳朴可亲的中原大地

歌声在千里之间回应
是挖掘机和后八轮的轰鸣
是丹江水奔流不息的乐音
快来听听吧　倾听这新时代
最为强劲的脉动
倾听这水与自然界的绵绵柔语
山水之间　歌给尽了天边的云彩

佛学院，秋游

你在另一端　云的写意和缥缈
空旷在莲花上　众生的俗念与禅悟

竹林里　风是低飞的过客
许愿树上　挂着诸多无奈的今生

香火　燎红了枫海
石条　挽着木头　走进霞光

仰望　藏经阁　光阴的密码
有片银杏叶　经历了秋天的嬉笑

舞钢行

灯台架

麦子勾勒着兴奋
压水井
比一瓶酒的内心更欢畅
滩石在溪边做着关于梨花的梦
朦胧初绽的忧郁

舞　钢

山是我沉睡的前世
水是我遗落的翅膀
铁是山休眠的爱情
你是我带不走的安静

石漫滩

如果我是山　就让这水
做我安静的孩子
如果我是水　就让这夕阳
做我亲密的爱人
烟波　梦幻的城市

风凭栏　指间月光柔
酒满杯　春天在情谊中豪放
欢实着的夜
熊熊篝火

从舞钢到南阳
梦若梨园飞瀑遗漏的诗句
散落一地的精灵

月河，月亮亲吻过的地方

灵山秀水　云彩的客栈
桐柏的淮源迷恋青衫
绿是记忆中永远无法停止的呼吸
东郊　精品苗木种植区里
最原生态的浪漫和静谧　银杏叶
质朴与张扬碰撞着
北湾　徐寨　金桥　袁庄　西湾　拢聚成
一塘待颂的荷花　新型的农村社区
徽派建筑风格
西湾　烟雨里的月牙儿

麻雀点醒初冬的枝头　农家乐
季节之外　墙上的玉米挂着农家人的红火
多么幸福的月河人
一棵树有根有枝有叶　它是完整的
月河　月亮亲吻过的地方

西湾是追梦的人　存在月河里的湛蓝梦想
追梦的人　年轻的知识型镇长
清纯的微笑宛若茶香

幸福的走廊　淮河一域　鱼米之乡
绿叶陪衬着鲜花
多么美好　多么和谐　多么自然
追梦的人　醉意中树冠大红
平铺在梦里的祥瑞
似花海附着古藤
碧瓦庭院　串联若隐的光景
月河　月亮亲吻过的地方

荆紫关，抵达

枝头颤动了一下
飞离匆忙的抵达者
光阴散漫　鹅卵石聚成堆
继续做它孤寂的流淌
荆紫关

石条瓦片
小桥和街的拐角
陕山会馆
还有它身旁被略去的梅红
伤神的纹理
光阴早已抹去土坟的痕迹
里面囚居着
伟大的沉默者
比江边的船号子声
更刺耳

灯笼　夜忽明忽暗的荆紫关
古镇　这么多年
只是地里的麦苗换作了玉米
荆紫关的夜晚
狗依旧在狂叫
路平坦的时候　心一定会有凹凸
曾经横飞的子弹　带着百年惊恐
急促的声音　在黑夜里依旧不停地奔跑

有意识地拒绝瓶装的啤酒
在夜里它总不能被人理解
想起贝贝
次日途经操场村
与森子夫妇　永伟　亚刀　海军
田园小酌
入梦的油菜花

在范蠡公园

风轻云淡的时候为你种花　生活着
一路走来　荆条花开
小酸枣　蒲公英　刺角芽　野蔷薇
满山是花儿　满眼是蝶儿　盛夏的烽火
似沉鱼的西子　仿佛你就在她浣纱的溪畔
禅语和霞光
让人心动的牛尾山
我醉了　离日子更远　孤独更近
山坡　旺盛的茅草　似月光陨落
只为人间有爱
让人疼痛的情　让人幸福的爱
跟随了草木的平凡　换取自己每一根
真实的神经
轮回　只为寻你
山路默许
绿色的神秘

在莲花上

大悲咒　和你　在一朵盛开的莲花上
经筒与夹竹桃之间
风　若隐若现
一弦之音　舞者
你随风
雨逢时令　季节性地颤动
古宅门轻推就开
丹江湖畔　薄雾如腹语经文
对症的良药　在观世音的净瓶里
开光的鹅卵石　我远望落梅
人在圣地　不可浮想

在湍水河畔

酒杯以外　开满了野花　丛中的云
似雪划过土壤
在湍河岸边
我们擦亮唐朝的瓷片
啤酒瓶　再开启　它比渔火更光亮
泡桐下的荫凉　舷侧上的印记
最美的诗　在孩子幸福的微笑里
虹的领域　葡萄般晶莹
邓州　白马向北　水的长度

他开着的士

他开着的士
时常在理工学院门口
一边待客
一边低着头数钱

有的时候　他也会留起
长长的干净的胡须
他常说　高楼是城市的头发
车流是那永远也刮不净的胡须

他常想起他的那首短诗《独山行》
他觉得自己应该去学会喜欢这城市中的千军万马
在时光和音乐中穿梭　他只放牧他自己
用诗和歌的光亮
用河流的安静和远行

在宛城的街道上　他说他开着车
经常会穿过芦苇　或是万亩桃花
就像儿时在白河滩上玩耍

他不是诗人
却总在写他深爱的白河老桥　和老桥上面
只为他盛开的月光
裸露的沙土上　有他月光下的
木帆船

初夏的风

在文化的长廊里　感受这初夏的风
多像一个孩子
它用小手揉乱你的长发
用小嘴呵痒你的眼睛　你仿佛还能看到
它真诚地冲着你微笑
这多么像是我现在的可爱的孩子
多么像曾经的年少的我

名人柱闪耀在一楼风雨厅
在“五小”学子们的读书声里
让青春回归桐花的安静与守望
几只小麻雀在春夏秋冬的诗句里
感悟着四季的纯真
在这充满朝气和书香的校园里
原来生活可以如此美好
以生为友　石榴花和石榴挂满微笑的墙壁

玉兰花穿过历史的天空
从 1923—2013　“五小”和它的耕耘者
走过了 90 年的风风雨雨
走过了阵痛　走过了心酸　走过了汗水
更走出了自信和骄傲
“五小”和它的耕耘者有着自己的旗帜

你听　白河水的欢唱
你闻　月季花的芬芳
在“五小”
走进的是一块美玉的心里
捡起的是一段温馨的幸福时光

北辰之夜

——写在“六一”晚会

1

石榴花开的夜晚
小袋鼠们欢快地说笑
童真是更温馨的怀抱
黑乌鸦被感动了
舞台　依附在月光里的胎盘
小宝贝儿在翻滚着　在可爱着
这世界　他们是真正的主角

2

欢天喜地　有着牡丹花的自信
她气质高贵

她在绽放成熟的美
行云流水般　通透自然
扑面而来的风
在淯水的案头　“五小”用真情
勾勒出时代的神韵

3

我们收起千万伏兵
让金戈铁马禅悟草丛的沉默
历史的长河
梦是唯一的辉煌
飞天把一滴水的翅膀拉长
烛火在漫夜里弹奏着
唐诗宋词经卷里的神曲
书香　那只白鹿在光的另一端回应　追月

4

快乐少年
一群跳跃着的颗粒
青春　明亮　彩色
七彩的虹　请允许他们阳光一样通过
舞动着火的羽毛

5

低空飞翔　来自心灵的绝美

如山花般烂漫
自然　和谐　灵巧　智慧
能来到这世界的　都不是多余的
就像地球是如此地深爱着我们

6

被再次地感动着
学子时光　在海的心里
在岸的温暖里
在手掌的柔软的托起里
在恩师的青春的光彩的置换里
幸福地沐浴　因为有您
校园　多美好

7

我是一棵小松树
有你　有他(她)　来吧
让我们唱响“五小”之歌
我们与时俱进地追月

第二辑　月光之旅

闪

好吧　我答应你　不再谈孤独
也不再向你索要拥抱
那壶酒和烛光是黑夜里圣洁温暖的乳房
不要试图去触摸她　惊醒她
另一种火焰
改变了梦的颜色
一些飘逸浪漫的云朵
轻掩熟透了的桃子
脱缰的野马跨过的是乌云　水果　和刀子
这些并不重要
重要的是　我知道你早已为我
准备好了闪　圣洁的耀眼的闪
我们可以一起颤动的闪

月光之旅

这匹马来得像闪
别怪它　整个夏季似乎都会一晃而过
草莓搁进盘里　难得的热情似火
莲花的白皙从烛光开始
世界安静下来
时光是此处的易燃品
听　海风在歌唱
在会笑的眼睛　在迷人的唇口
草原和大漠上奔腾着
一朵朵红梅　化作花海
你身边油菜的萌动　在飞天
夜来香有着萤火的背影
风韵的女神　她让黑乌鸦彻底失语
它是那么的痴迷
月光之旅　夏的清凉　暗涌麦浪

相　遇

掠过心际的花瓣
雨　灵动而脆弱
有些云彩注定要
越走越远　美丽的相遇
你不属于我　我更不属于你
只是　和你
孤独是一体的
疼痛是一体的
紧紧围裹着　擦肩
含蓄的伤

桃　子

这个下午不能开口
心容易被装进去
近距离地沉默　凝视
短暂的俘获

红红的桃子躺在
六月的麦田里　火热　奔放
刚刚绽开
初夏

酒精不断地冲刷　你越来越远
像我经历过的
诡异的清晨
疼痛一直存在着
不易觉察的招式和痕迹

红月亮

岸上　水枯　或在它泛滥的时候
就没了岸
有疼痛的触摸
思念
可怕的汪洋

风不再狂烈
拿月色和夜
仔细地临摹
怀旧时光

微笑的上弦月

轻易地中弹　在你微笑的时光
我倒在泥土的芬芳里
你轻柔着黑的长发　夜就涌了过来
我悄悄地望着枕边月光
寻找那滴
在光线上荡漾开的　雨的花瓣
海风　初夏的列车上
石头的憨厚
就蛰伏在对面的封面上
涛声卷起了
丁香花开

雨

在水的心里等待
思念的痕迹　紫藤花
白鹭划过城市的夜幕
河流　轻烟　朦胧的琢磨
光阴　卵石的坚硬
是你带我靠近
玉兰花的柔
在夏季里
在一滴一滴弥漫开的雨里

有你的日子就好

爱情是射进脑袋里的一颗子弹
它一动　就会有前世遗落的那些疼痛
你我都不知道　自己是这样的
命在旦夕的病人
每一次想念都会是致命的

曼陀罗花把我们彼此的肉体骨骼
置换成苹果和欣赏的眼睛
火经历着燃烧的成长　幸福保持缄默
和疼痛一起　制造无数个日夜
谁也不知道还要等多久　那朵金色的牵牛花
才能到来

手心里的叶子　它有着
一生无怨无悔的守望
有你的日子就好
信仰是金　爱如阳光

随想曲

如果与生活有关
这更像是一个哑谜
长发的黑　遮掩不住你白皙的美
我化作一匹久在荒漠里的马
收回野性的嘶鸣
把草原藏在心里
整个时空变得出奇的温顺
它谨慎深情地吻你的手指
试探这六月的伏笔

六月　在梦中的荷塘里
一壶酒　一扁舟　轻罗小扇
在莲与叶的帐幔里
你依诗书而华
红尘之外　在水一方
闭月羞花的佳人

等待着迟来的琴声
我的心读到了你
圣洁的白
我不要做你心中的那朵莲花
我情愿是你的白马
每天靠近你　守望你

痴情本就是种倾心的爱
随想　妩媚的光线
你用桃花沐浴我的想念
它开始粉红　红
更多的是那些葡萄的红　醉人的红
唐朝的夜幕
我们走了　我们又回来

蝶　舞

枯枝　很实在的蜜语
黑乌鸦懂得珍藏
巢　火一样的脉动
阳光下　梦是最初的春天
容易被遗漏的颜色　幸福　在路上
关于时光　城市太沉迷于表述
季节是多么的生硬和偶然
涓涓的流水　隐匿着
热饮　和花

蝶舞　禅坐的阳光　轻韵
弦音之上　爱如玉泽　透着羞涩的米黄
最近的距离　想念
胃　小红椒　啤酒
疯长的藤蔓　幸福的时光里
心在飞

不经意的回眸　遇见
心亲吻了玉兰花的白
月和夜的守望
让思念成为天的蓝
我来自光线的另一端
来看你
幸福的密码
在路上

掌心上的三月

暂且略去一些词语　譬如
性感或者骚动
手掌上的心　已深入三月
你的唇会在一个花开的时节设障
让我思念的潮水
不断去触摸这安静的柔软

柚子茶的穿越是短暂的
一堆的火焰
面向你的方向　继续想念
玉兰花的白
春天裸露着　黑夜在它的脊背上涂鸦

水姐姐

笑容　在淯水河畔的桃花枝上
水流动得很静
从深谷的幽兰丛里走来
坐车　或是徒步穿行
卧龙岗上的路　不近也不会很远
水是春天的爱人
水是寒冬的剑影
水更是夏和秋的柔软与慈爱
想写诗的人
就依在有水的河边

一首诗

日子　干涩的锁扣
和你在一起的时候
我们就是一首诗
月泻　花开
老桥　静静的河床
水经历着诞生和死亡
沙土很润
下弦月　一盏无眠的灯
它恐惧这被打开的光亮

柔软的白

唠叨着雪　玉洁的冰绒
放把火将腐朽的　陈旧的　鲜嫩的
都燃尽　大雪覆盖着
土地暂获宁静
比雪　更让人欢喜的
是今晚的月光
夜是更厚的雪
月光　是那层
明亮柔软的白
多想再深翻上一页
在这孤寂的城市　原来我
还在活着

善感的黄昏

年轮　移动的结
俗世　这个旋涡好深
你穿过月光的手　抚摸着街道的燥热
水的柔软　在玉兰花上流动
让诸多凡俗　颗粒状陈列

善感的黄昏　我们乘列车远行
穿越你我　确信是风中
在淯水河畔　夜开始驻足
丛柳　裙子的褶皱
以及飞着的蝙蝠和白鹭
水域上的音符　再次穿过
我的手和你的长发
直抵幸福
月亮的歌声　是一朵未眠的梦
我在流水的枝头
不愿醒来

当冷袭来的时候

凉透了
亲爱的
我的体内藏了
很多的火柴
它愿意为你
擦亮

你来了

早先的时候　我把两株夹竹桃
安排在后窗外紧邻的小区里
一株红　一株白
它们相互依偎　细数这人间的冷暖
一直想亲吻的是玉兰花的白
它躲在遥远的夏季里

像一位初愈的病人
在白色的床单上　我听到了深夜的雷声
也仿佛看到你
赶着成群的羊儿　向我渐渐靠近
白色的　灰色的　更多的是黑得发亮的羊儿
我把室内的灯调得很亮
进入视野的你却越来越暗
越来越模糊
你来了　我知道你来了

你来的时候
我一直在认真地仔细地听

闪照亮了雨的浪漫　欢快　纯真　不羁
像一位初愈的病人
有你的时候　我可以
做幸福的人

碎　片

粽子　清香
雨在敲打着
轻柔得更像诉说
红豆和蜜枣的
印记

初试云雨　城市就诞生了夜
你我各自居住在爱的
碎片里
香樟树已习惯了午后的
发呆

发光体　来自魔鬼的词典
阳光下这布满咒语的空气
要爱　我们
必须经过呼吸

夜

和你不同　那瓶酒它很怕打开
不能把白天邀入黑夜
缺憾是必须的经过
桃子似乎更适宜远望

久未排列的尘埃
中州路上覆水的光阴
待拆的夜色　瞬间刮伤
和真诚匹配　水蜜桃子中的水蜜
在飘逸　在心动
隐喻或朗诵　它有会笑的眼睛
经典与怀念
不可复制的花朵　玉兰
淡淡的风

梦有衣裳　玫瑰色

不知所措的纹面　野菜　坚果
酒是体内残存的黄汤　萤火虫作蝌蚪状游来游去
天亮的时候
黑乌鸦嘴上　依然燃着烟

比夜尖锐些

九月　找出叶子
手感的秋
比夜尖锐些的想念
露珠在夜里适宜穿越
碰撞的晶莹载体
你在一汪碧水上的
倒影　是迷人的百合花
我是你遗失的火焰　慢慢地回
叶子若帆

总会有一个地方
让我为你停留　真的
风来了
你听这弦上的秋
花开的时节　它并不需要太久
爱和想念其实一直都在

放亮是最美
城市在匆忙里苍白衰老
唯你有似水的柔

风的手在晃

春天的勇敢
在于撕裂无数的出口
生机勃勃　在豁然的感动中
你和阳光一同进入
蔷薇花呈现着瀑状的翅膀
风的手在晃
下午是那只很不起眼的黑乌鸦
你悉知春天的心　它懂得
你绝色飘逸的美

春天
春天是春天里的一天
春天还在活着的时候
我想紧紧地握着你的手
紧紧地拥抱　幸福　开出耀眼的白
短暂的迷离

跳跃　小松鼠惊动了那裙摆
成蝶影

月季
月季的白里有青花的吻迹
蓝是痴迷者最终的幻想
我在金色的麦浪里　读出玉的红润
瀑状蔷薇　动容　有罂粟花语
花儿盛开着风和浪漫
怒放的笑容　春天的五光十色
傻傻的黑乌鸦　在飘起长发的云里
靠近

雨吻花

雨的雀跃　大地欢快
这一次次心灵的撞击
你曾经过　唇边的绽放
花朵　时光的衣裳明亮着
持续地呼吸
藤蔓随月光的纹理舒展
盛开已久
柔唇不语
掩过荷塘的清凉

偶然　却不虚幻
静静开放的夜来香
有缘的人　心会相约
轻轻地停靠　让微光弥漫
在属于你我的篱院
爱是如此光鲜

这七月的荷塘
有着淡淡幽香
心在呼吸　感知玫瑰的静美与奔放
做一个有你的梦
等到秋天
我们去收获爱情和金黄的
牵牛花

痕　迹

在即将分别的那一瞬　很容易
我就刻录了你的眼神
你的爱是一条流淌不息的小河
你的爱又似这千万粒的沙子
一点点地囤积着
最终被泪水淹没

挥手的瞬间　伤痛也随之潜伏
只因有你
痛楚也被装扮得美丽
车动了　泪水模糊了视线
最后的爱如一抹夕阳
歌　给尽了天边的云彩

当记忆更加裸露时
我终于读懂了　这片心灵土地上的沉淀

这种掩埋被如此裸露之后
炭烧的痕迹　抵得过远古铁器的锈斑
你怎么在那么远　很想念你
想你的时候　如醉的月光
在静静的街头

心　雨

滴滴答　滴滴答
滴滴答是窗外连珠的夜雨
滴滴答　滴滴答
芭蕉的枝头　梦若荷花

从圣苑到白河

仿佛是秋写在落叶上的一句谜语
夹竹桃肆意殷红着
从卧龙岗上漫步过来的
是午后白河之滨水的依偎
一个名字在雪松的胸脯上翻滚　跳跃
像此时的自己
阳光点拨蝶儿
柔被河柳递给了眼睛
它更喜欢香樟树的安静
优美　俊秀　飘逸
矩形的城市
被落地的麻雀啄起　再放下

月光是来自故乡的语言

我的心　又想你了
这梦中和你相互依偎的温存
肉体带着来自宇宙的虚拟枷锁
假象和欺骗　上帝的游戏
孤寂让黑夜失重　完美禁锢
月光是来自故乡的语言
今夜　我反复地咀嚼
请原谅我对你思念的狼性和野蛮
我的爱　我确信已经
找到了可以通向自由的经典语句
来吧　拥抱这浪漫的秋
相信我　可以带你一起在天地间往返

假如，我收获

做香樟树吧　在和你相遇的街边
抹不去的光影
经历过　你依然秀美
想念是这里唯一的符号
它忧伤　它幸福

秋天里的鹅黄
牵牛花　沐浴着
风继续吹　用幸福和忧伤
念你的忧伤
在月光里写下柿红
幸福的柿红

春天来了

下午的阴沉　介于冷和暖之间
我滞留在有你的磁场里
水杯　热度
干冷的空气不适宜传递
想想梦中那株海棠　花还在枝头
不曾远离的默契
卧龙岗院内的银杏树上　亲爱的鸽子
等待着雪落的消息
我闭上眼　仿佛春就要到来
一场获奖的感言　季节趋于萌动
爱和你

海　风

翻滚的麦浪　倚海聆风
黑乌鸦和啤酒瓶去了外婆口中的
那个春天
故事里会飞的是蒲公英
这样的停留过于短暂
巷子少有的安静
越走越深
你看水仙花开得多好啊
闪亮着亲吻过眼睛的流水
更像是这春梦中的玉兰花

风吹的夜晚

不羁的风　月亮是夜的心结
那只出走的鸟儿
又飞回来
林子里暗藏着无数的惊叹和停顿
巢　却并不适宜做句号
这就像　你永远也不能看清楚的我
沙子在城市里推磨
河流被光阴逐渐剥离
一切的谜底　都离得　那么远

杨柳依依

饱满的阳光
春梦中　杨柳依依
风拂弄堤坝
等待那个　可以拥你的季节
雪的冰洁定会是一种水柔
心越过春天
我们信仰爱和思念
那团火　燃烧在玫瑰似的
红唇里

春

春在初绽
在你微笑着的彩云间
风筝涂抹着无限的蓝
终有一天　它会靠近我
念着你的微笑
春天般美好和灿烂

每一天　蝶儿　心里都想念着暖
卧龙岗上　风是那散淡的人
在白河　有水的心
琴瑟之声
宛如月夜散步在我们后花园的情话
你偎着我
看春天的花
听春天的雨

火焰羽

丽影
裸露的预言
阳光
代表童话
当梦想和轨迹
遇见丽影
就是那欲滴的柔

风是牵挂　是想念
是你从我身边　轻轻走过
想你了
汹涌的花
开在春天

蓝

柿红点亮秋
更长的思念
薄薄的时光
是梦洁白的衣裳
轮回的四季
芦花在深处
月光漫过蓝

或是一个偶然
在这容易被忘却的地方
凭栏老桥
风一直在这里
等你

席　卷

风从桐花的唇边吹过
蓝紫的梦　无边　浩瀚
远处归来的海
思念堆砌　玉兰的微笑和皎白
等待着　渐近的心与心的舞蹈
幕布轻柔　如一缕光的席卷
在清晨
晶莹擦亮短暂
这只幸福的鸟儿
穿过泡桐的安静
为你而鸣

花　朵

有你的时光
我们只是安静地
从两排白杨树中间穿过
低调的颜色
在这幸福的小路上
跳跃精灵般　如雨的花朵

火的声音

向夏的燃点靠近　继续沉默
或者明亮
含蓄的日子随了风的走势
月光里的成长
水最能懂得自己
也有一腔的浪漫和温柔
火的声音　隔着河岸　隔着月光
隔着杯子和唇印
在玻璃的完整里潜伏
火的影子　可以直抵的光线

第三辑　会漏雨的伞

四月二十六日，官庄

桃花已远行　月光不能与你对饮
两个男人就摸着黑去官庄
老徐大排档　啤酒瓶子假装歪倒　它比诗人们
更懂得怎样去生活
啤酒小菜　桌子的身后是道栅栏
钻进疼痛的缺口　夜继续暗淡
我们的话语很少　大概谈起过六月　或者更远
烤馒头很香　我瞧不见炭火的红　和荷叶上的眼泪
开着车　驶不出雨后那万亩的荷塘

微电影

体内有数不清的小鸟在飞翔　碰撞
惊慌失措地乱窜
这对于表面过于安静的我
是多么大的伤害
它们衔来灰白和乌云　让春天和夏天
失去本色
足够的恐惧
我们竟是如此地不了解自己

从官庄到南阳

那瓶酒还没打开　在车的后备箱
最后一根火柴　其实我一直想和你把它干光
在这白河之滨　或是永安路 5 号
唐朝太远　江湖很近
平整的柏油路上　车依然会很颠
从官庄到南阳
我只是想让你来　走进这十里滨街　满河的芦花飞舞着
白河老桥的月光　若隐若现
想着哪一天　不会再让哥哥你滞留南新路口
或是永伟哥家的草坪上
但现在　我却不能
梧桐树的叶子没了　这个城市就会很空
就像那天我们围着一桌菜　你望着窗外说
今天怎还没下雪

南河店

蔚蓝的明净　在这样的公路上
她轻踩着时光里的葱绿
她不断提到东莞　仿佛此时就在潮涌的海边
我也不时说起路旁的落花生　乡亲们
满坡满地的淳厚
她温情的话语　一会儿就剥开初熟的花生
山村里的少女
衣襟下深藏的奶子嫩白
一会儿又游进城市生活的丰满
南方之南　燕子飞翔的那个海
南河店　和她纯属于轻雨划落指尖的那种偶遇
山和小镇　被我刻意掐掉
她在这路的起点
夜幕在路的终点
城市和她同时没入

来 客

这首诗继续着它的滑翔
客从鲁山云游而来
在宛城南关的古宅
车水马龙里
诗性的存在者
捡起这渐渐远去的标签
与江南对接
赊店的青花瓷
打开烟雨
唐朝的夜幕
紫薇花浓

青　烟

青烟里有温暖的零碎
青烟里有穿透时光的诉语
青烟里有隐隐作痛的哀思
青烟里有阴冷安静的清明

清明节
一张纸烧痛了生和死
一张纸烧痛了花开的大地

荆紫关，土层

呆滞着　我的停顿
走不进你的忧伤
密不透风的篱笆　油菜花
无数的子弹划过之后
流星远去
这个角落更加凄凉黑暗
和你隔世的眼泪
他们的墓地　以及低垂着的旌幡
发丝不愿萎缩
捆绑在阳光上的哭泣
从荆紫关的那个夜晚里醒来
风掠过石头的沉默

月光的孩子

忽然就暗下来
挖掘机和酒杯不能够再深入的领域
白河　水的身子硬朗着
这老桥上　途经者却只懂通过
他们彼此
可以相互忽略

泪水流下来
逝去和怀念
四月　美丽得让人心痛的油菜花
第一橡胶坝东边　七年的坟头
母亲永远微笑着
就像那年　她从滔河的岸边
嫁到这个名叫盆窑的地方

满河的芦花飞舞着

麻雀的羽毛
平凡与简单是云和闪电最快乐的孩子
七月　细细的疼痛扑向大地
精灵重新着装
开始又一次的远游
个体经历着轮回　诞生勇敢
叫一声　母亲
我永远在您爱的花丛中
月光的孩子　思念月光

九月的家书

向上不停地伸　越走越远
藏风的丛林里
知道你不会去做天真贪玩儿的小蘑菌
许多时候　归家的路其实很远
再不会有谁像土地这样
急切想念离家已久的孩子们
那些游离的叶子　在她眼里
晃动了长长的一个时节
从枝头到土壤的距离
九月的家书　洒满金黄
再不会有像土地这样尊贵的颜色
撒一把情深
抹去尘世的虚无

肖　湾

肖湾　刁河岸边的睡美人
独居已久　小桥　它需要流水的倾诉
早先　肖湾的花生熟了　花生就进了城
肖湾的玉米熟了　玉米就进了城
肖湾的麦子熟了　麦子就进了城
可是现在　肖湾留守的老人们对子女的那种想念熟了
这滴眼泪却怎么也进不了城

金

这个清晨　我叫她金
视线里的金
像庄重的麦田　窗外熟透了的安静
欣赏需要距离
开锋的镰最好懂得远行

不要总在假设自己
燃烧　他们也不能够排除在外
做一次乘客吧
巴士车可以带疲惫的人享受生活
此时的城市和街道是局外者
在表演　在重复　在无辜

车停下来之前
心和躯体是自由的
把自己缩小　就是幸福

八月，风起夜凉

他们谈冷艳　一朵花
骨子里的那个火
他们谈一个男人的心情和夏末时节
仍暗长着的那份燥热
这些柔软的零碎　忽明忽暗
却又清晰地顺着夜色使劲往上爬
在流水和星星的滩头　他们
捡不回一块鹅卵石
更拾不起一个并不遥远的梦
他们还说起女人那双可爱的腿
腿的诱惑　腿上的纹绣
爱她的人当它是蝶或者梅花
懂她的人识它是伤疤
他们没有说雨　或者是浪漫的流星雨
八月　风起夜凉

为月光而聚

农历十七　为月光而聚
稀疏的枝头　雪韵尚未展开
晚餐　习惯性叫“餐”　大概是因它更具有
汉字的魅力
客套地说着套话　其实并不知道要说些什么
我们多像桌上待启的消毒餐具
却又总在不间断地　接二连三努力地叙述着
借着酒杯的撞击　最终诗人们想起了歌唱
歌声能够带你走进月光
这个夜晚它有会笑的眼睛
刘府大院　盆窑　河西到河东的距离
很短的路却走得很漫长
月光俘获一切　整个世界都趋于沉睡
唯有三十几年的情感
随老桥的影子　在村头巷子的腹语里
独独放亮

我把冬天比作一个女人

我把冬天比作一个女人　她用三千个勇士
和几百头猛兽　来驱赶这风骚浪漫的秋
风　可以是阵法　可以是号角
也可以是一把实在的双刃剑
它来得突然　像闪　彻底地摧毁一切
鲜活的　腐朽的　木讷的
让肮脏的　妖艳的　浮华的都回避躲藏
让挺胸的汉子　用真正的勇气来拥抱这冬的直接和真实
冬　这个冷傲的女人　它以夜色为毯
高傲地走来　一片白　两片白　千片白
漫城的白　漫天漫地的白
冬　这个野性冷傲的女人　她把她白色的裙摆放下
从容　高贵

清水河

——给哥哥永伟

青花和瓷片落去　酒在秋天里流淌
多么地本真
上洼的风,依旧哗啦啦啦地欢畅着
哥　你在温顺的云彩上　拢聚祥瑞
那杨树林　点缀着来自红色曼陀罗的花语
穿过华严古寺　我和众位哥哥
在清水河的滩石上重温被尘世遗忘的经卷
深山农院　成袋的野生猕猴桃
被老乡送下山
丝瓜在棚子上晃荡着　宛如在呼唤属于它的月光
这让我们很怀念童年时的萝卜　白菜　红薯　南瓜
一些小伙伴逐渐消失
雪不愿再去徒劳　伪春的声音
地球上整个世界都在变异
是涌动　是撕裂　是更隐蔽的诋毁

我常常惊恐于梦中的迷失
与哥哥相识的这两年
夹竹桃捕捉了蝴蝶的快乐时光　缘分伴着真诚
羽衣甘蓝微笑着　像你
这来自圣地的佛语
终于开启
我看到了你的芭蕉小院
抹去尘世的尘埃　诗属性通灵
好在我们可以
回归另类　在光的存在中

冷风吹灭烛光

张牙舞爪　如你的春天
雪韵尚未展开
这个夜晚燃得很节制
烛光靠近
淅沥的雨敲不开
众生的心事
冷风吹灭在文化宫
夜　眼角弹泪　散去的是雾霾
啤酒瓶习惯歪倒
就像总在此时难眠的
你我

火把　四斤黄酒　我和永伟清醒着
干冷的夜晚
啤酒瓶　它却不冬眠
贝贝凑身过来说喝吧

一起从唐朝偷渡过来的好兄弟
“爱家”门前　烧烤炉上的
炭红　贝贝燃起一支烟
收敛的火把　在岁末

在西街

在雕刻　在歌唱　在随想
在零星的移动中
在这即将废墟一片的之前的一个下午
在 3 月 12 日这神话般的日子
四片花瓣伸展
希望　令人窒息的美
人和酒的肢体记录着诗人们的传说
遇见　我们从地球上一起通过
多么地安静
在光飞行的一次事故中
翅膀掠过坟墓
蝴蝶是写在春天里的碑文
在襄阳　在南阳的卧龙岗
在经筒与夹竹桃之间
在麦浪翻滚的海上聆风

最美的花

把酒的燃烧放慢点　以客体的形式
被包围　被存在
许多个局外　静默的花一直在呈现着
最容易被遗忘被忽略的
是杯子　是酒瓶　是自己

下午的夕阳刺穿阴郁
刺穿法国梧桐
刺破皮肤表皮的过度收缩
瞬间的暖　很锋利
或好或坏的触动　都是不安分的

换个下午　“流金岁月”
喝下去的啤酒　容易再次地暴露
其实很多人都不会懂文斐哥做菜时的那种幸福感
有人说桃花的时候

我想起了桃子　在另一个世界里的
寂寞和孤单

玉兰花曾告诉过我
当它爱一个人的时候　靠近的是鼻子
许多人不会知道　用心去爱的时候　会有很多种方式
诸多的心　夜色里也有
杨树林里高速移动的巢　黑乌鸦在冥思苦想
一个男人春天里的花开花落
每天必须的存在者
亲爱的　他每天都在做这样孤独的
开放与零落

只是你别担心
他给你的那最美的花
是永远不会褪色凋零的
白河桥上的月光

屏　蔽

老徐大排档　三五条羊尾巴敲打着火
不去赞美　不去沮丧

酒是我们为这夜准备的荷花
那些栅栏　躲在缺憾里
躲在白炽灯的隔壁
更多的雨　急速地落下
来吧　下吧
伟大的雨请您继续吧

滴穿的是这尘世的篱笆
诗句临着烟雨
醉酒的人们关上手机
就让 6 月 24 日的官庄
做一次动情的幸福的
哑巴

和贝贝

引擎就地关闭　捆绑着的城市
伏牛路上　有扇安静的玻璃窗
啤酒瓶　我和贝贝　这个下午的非卖品
很多时候　写诗的人们不一定谈诗
譬如他们会谈秋的金黄和腐败
譬如桃花的红火和沉默
譬如他们还会说到冰的剔透
和它瞬间拥有过的那种绝望
这支烟　从未在鼻子下燃得这样平静
当干锅羊肉停止它的喘息时
贝贝说:别他妈的说诗人　以后我是你哥

福永码头

码头　模样不大
候船餐厅　咖啡郁香
白色轻稠的香烟圈　轮流弥漫
空闲的一切　包括大脑
出港口　行李箱子装满光阴的故事
游子　在微笑的祝福中
走向另一个季节
渐渐稀疏的人群　把夜的帷幕拉下
码头　空气中润湿的轮廓　已是一种
沧桑久远的记忆

初　恋

藏满故事的青纱帐
被激情的养分　滋润得过了火
在这个季节之后
爱情的土地便开始贫脊
一个悲伤　站立成田边的稻草人

父　亲

父亲是秋季里
老宅楝树上的一串楝子
随着我
一阵儿一阵儿的牵挂
晃了又晃

碑

一双温暖的手
她总在轻轻地拍打着我说：
“宝贝儿睡吧”
我还没睡着
母亲她却在黄土里先睡下了
在母亲躺下的地方　我立了块碑
我会用一生的想念
去等她醒来

朽　木

一块朽木　抓把火把自己燃烧
以为炭化就可永恒
天啊　它竟然不知道
那东西　以后永远都是黑的

打　开

轻重武器一齐开火
在黑暗的最深处
我们不断打开
让一个魔鬼死灰复燃
从一个手机
到另一个手机

色　戒

一条蛇
不单是
在洞里游走
它　带着有毒的牙

独山行

从顶端的空旷回落
生活的枝叶异常繁茂
阳台上的小麻雀
你没有它幸福的翅膀
这滴雨　属于被覆盖

最后的蒲公英

远行的人
很容易就
转嫁了他的痛
和一片雪低语
它会融入你的心里
漫天的雪熟了
夜色会是原点
它们紧裹着白
各自回归

六月的荷花

那花儿很傻的　其实她并不知道
自己在为谁开放
风来来　雨往往
月色满荷塘

钟爱她的人是更傻的
他从来没有想过
也许荷花根本不知道爱已经来过
一边是她　无尽的等待
一边是他　长长的相思
孤寂了盛夏　凄凉了清秋

不说水　不说荷叶上水的颗粒
不说晃动的眼泪　也不说青春的易逝
生命最终会走向枯萎
可以掩饰的　都是疼痛的
值得记忆的　都是看似完美却残缺的

会漏雨的伞

请不要丢弃一把
会漏雨的伞
也许它　曾让雨淋湿了你的心
可它也会让明媚的阳光
披洒在你的肩膀

向　佛

若是要涂抹　这又将是一页
难诵的经卷
漫步云端　天和地都很远
月光隆起长亭　对饮
只作侠客状
梅度梅的冷艳　桃开桃的嫣然
毒虫冬眠　缘皆有因

利　器

马路上　车
一群温柔的杀手
在活着
是因为每个人身上都带有一把刀
在死去
是因为每个人身上都带有一把刀

渡　口

蛇　水草　或是蚁虫
其实这也并不算是什么
渡口　在河的对岸
林子　草丛　寂静里等待的
也许还有
黑洞洞的枪口

渡口　在河的对岸
巧遇上蛇　水草　或是蚁虫
我们那是在做一次郊游
如果等待我们的是枪口　那是我们
选错了过河的年代

光　线

黑色的羽毛　它可以足够真诚勇敢地
飞向你

只是　不会有人告诉你
太多的真相
爱是热烈疼痛的
默默地深爱着你的我

在这念想的宇宙
离开地球的那一刻
黑乌鸦只希望自己能够给心爱的人
留下更多的阳光和空气

燃烧吧
光线　曾经重复着的孤独
和此时的泪水

第一次知道
自己是这样害怕旅程里的黑

归去的彩虹
带着遇见你时的花开
满野的蝶儿
我又梦见了你

王　子

翻滚的麦浪　棒棒糖
隔着玻璃
那节车厢已走远
金色的牵牛花还回了泪水
一塘的疼痛　小青蛙

深深的刺痛
稻草人　这不是雪的一部分
2013 年的某一天
盆窑　河是用笔画出的记忆体
灯盏花答应了梦想
我答应了泪水和忧伤

多情的人啊
离开母体的那一刻起　就注定
这是一次孤寂的着陆

对岸　桥断的地方
梦覆着黄昏
芦花　成群的鸽子飞向对岸
更遥远的月光

回到家乡

电力机车的鸣叫声
已替代古老内燃机的浓烟
在出站口　我抬下脚便触到乡音的那种暖
日思夜想的云彩
在离这儿几里之外的白河滩上
静静的　已没有了旧时的语言和千变舞姿
村庄　在我到来之前
有只麻雀匆匆弹离
带走一些长着胡子的人的模样
更带走一些老树生命的灵光
回到家乡　我的孤影滞留在白河老桥夜色的水寒里
感受一滩记忆的折磨　如同感受一种苦难
清凉里　鹅卵石也被流水冲刷得阵阵作响

过　年

年是一张纸上撕碎了的
标点符号
人们漫天地抛撒
匆忙急促的雪
春在一段铁轨的两头
这边是根　那边是芽
春在每一片雪花的洁白里
雪是漂累了的白云
春节　开始回家
万家灯火　鞭响过年
巢的温暖　依偎着
除夕

黑夜是短暂的拒绝

剥开秋天的心
风把柔软的都带走
纸又变白了
一世的唐朝　却要经历几世的轮回
黑乌鸦越走越远
冷是被孤独刃开的蛇皮
它覆灭着夜的黑
清晨阳光里　那面镜子上长满了
草和沙子
绽放的花被掩埋

不断萎缩的疆域　城市过于膨胀
心离荒芜更近
柔光在窗子内漫出
温馨　砌成四面魔障
叶子在秋天宣判之前已触摸到了绝望

栖地而坐　轻弹一首
千金难买腹中醉
不凄凉　莫心碎
看来年梨花漫天落　用不尽的纸钱飞

曲终人散　之后的
这个冬日微笑着　光带走了我
尘缘是堆积起的记忆
巢是一回回无法抹去的骨感
石头沉默
是因为它知道故事的结局
就这样堆放吧　我的爱
这是只有你
才能走进的语言
亲爱的　你要记得
用月光来拥抱和亲吻我

以后的以后　春暖花开
黑夜是短暂的拒绝
他们的世界
在不知疲倦中衰老

第四辑　它习惯了沉默

短暂的矛盾体

最深处的火　过期的啤酒
和安静的杯子
这是一个短暂的矛盾体
用柔软的布　把它们
一并擦去　最好的韵律应该是无声的
或者是　我们的
耳朵一开始就在失聪着

这　闪

一块冰　深入春天
顺着融水
挣脱出来的蛇群
开始四处隐蔽
月光长出嫩芽
太阳长出嫩芽
欲望和贪婪显得很暴力
一块冰　葬送在春天
瞬间的花朵
这闪　难以击破土壤的愚钝

它习惯了沉默

被一句咒语击中
现在　这条蛇
是恶毒的　它习惯了沉默
这个月份　林子里的植物　异常地兴奋
它们　比冬日里不可一世的火更疯狂
难眠的时光　已不都是在黑夜
阳光褶皱时
我们的谈论　难抵彼岸

辗转着

辗转着　天就这样亮了
生活　是躺在我身边睡着了的
安静女人
它不知道　昨夜
我的思想　一直在出轨

相　惜

我是多么地了解一瓶啤酒
深夜里　它和我经常会抱着痛哭
在这个时候
被放空的瓶子
比我和啤酒　更孤独

这一年

尝试着　土壤张张口
草儿长了　花儿开了
这是多么的愚蠢
秋天
河里的石头　不说话

它的时间

打铁　酒是失控的火
夜是不再选择沉默的煤
在炉膛里　我看见了
桃花的红　油菜的黄
铁这么地柔情　锤这么地豪放
低飞的玉兰花片　似雪舞
完整地封存
划开　缝合　我们获取了时间

它的光泽

在光的存在中　夕阳收紧咒语
不久之后　漆黑的巢穴里　他们掏出石头的心脏
却不能完成与之吻合的体温确认
于是　这个世界的一切　就让花朵说话
更像叶子的胡言乱语
风可以背负所有的内疚　这也是它必须的
继续萌动中　春天　其实就是
一个盗猎者的猜想
月光　谎言里有温情是比较悲哀的事情
它的宫殿里从未回响过一次虔诚的忏悔
所谓信徒　更愿意把月亮的宽容
喻为韵律里的完美花开
木头　板结的土壤　腐朽至死

醉酒的人

村　庄

从木质的旋梯攀进已阔别多年的村庄
在这个球形的巢穴里　圈住着善良可亲的乡邻
这些混沌已久的人们
开始被迫远离脚下的土地
文明的脚手架　把进村的小路抬得老高
就在傍晚的时候
一个钢铁的手爪　蛇头般探入球体
有一个声音在响
拆迁的来了

街　道

仲景路往南

农历十六的月光伴着断壁残垣的废墟
在这尘土飞扬的拆迁日子里
女人们依旧在废墟旁临街买卖小商品
男人们依旧在废墟旁醉食宵夜
老头们依旧在废墟旁蹲着抽烟
有一个人拐进废墟里小解
这是一个没人愿意去收藏记忆的时代
大家说
天　一下子就亮了

醉酒的人

醉酒的人躺在繁华的街道
有人说他醉了
有人说他太累了
也有人说也许他是个流浪的人
躺地熟睡的人被警察弄醒了
他极不情愿地睁开眼说
别吵　我正在我的麦地里
听种子发芽的声音

它的声音

水草和鱼　伤疤在河流心里隐隐作痛
村庄深不过流水
忍无可忍的老牛与苍蝇谨慎低语
只有太阳还在为自己不停地歌唱
林子和鸟已习惯了
沉默或者失语
这迎合　多么地完美
这是多么做作的完美
没有月光的丛林　它的病历不配写在玉兰花瓣上
村外　挖掘机蚕食的声音
熟睡的老农懒于睁眼　他太累了
重新推磨是比较悲哀的事情
同样需要时间

它的沦陷

让自己舒展　欲望收缩
透明的时光在汽车的玻璃窗之外　灯火阑珊
陌生的感觉突然降临
黄昏　我们隐藏在铁甲里冲锋
像天外来客　或是入侵者
城市　斑马线上
奔跑的铁器在万家灯火中降落
灯火　会被勇士们逐个地劈开　然后分流
不动声色地厮杀　冲进每一个房间
柔光　在高楼的格子里
年轻的入侵者　旋即被诱俘
幸福的沦陷　他们背叛勇者的
尊严和高贵　开始蜗居的人生
空气这般透明
任意一种颜色
都可以轻易地吃掉它

它的意境

风　善于骗取土地的仁慈
春天渐趋野性
满腹欲望　透支月夜里
最初的嫩黄
梦在肆虐　一路上的挥霍
暮　轻易就被揉碎的叶片
像现在这样
这一切的一切　你终究都是
要偿还的
时间　可以颠覆众生
北风啃过最后一茬秋
白色的伤痕　明亮过日子

它的坟墓

昨晚的酒瓶子摔下去
雅安地震了
这不是它的错
如果阳光一直在微笑着
那我们就略显得有些卑微
卑微得不能让心自由地呼吸
春天给予了茫然
这个世界就回报得更凌乱
牙齿啃噬着年轻　终点是腐朽的丑陋
它想做一个伟大的人
一朵白　一片白　一片空白
玉兰花开了　夜跟着就白了
春天的勇敢在于撕裂
为个体的新生找到无数的出口
河流的悲哀在于　带着无数的个体
走进了同一座坟墓

恐高症

我说是站在城西的一座立交桥上
这个时节　如果在罗田农场
硕大的芒果随便我们采摘
在城西的这座立交桥上
我只能看到破碎支离的土地和两条长长的
黑色铁轨　以及在上面开过来开过去的
短暂雄起

想想这秋

风起得很急　月光在干瘪的丝瓜上晃荡
醉酒的人充当器皿
他没有玻璃瓶规矩和安静　受到惊吓的是叶
塌陷也许存在偶然性
暗中的触摸　我们习惯依赖眼睛和耳朵
想想这秋　黑夜开始腐朽
它们被迫脱节
孤立一个点　可以
轻易掸去灰尘

凹凸感

破裂的蛋体　很难把它归类于早熟
壳的质地坚硬
我们会选择余下的柔软
季节体弱　不能让你前瞻或是后望
夜晚是白天的影子　它只缺少真实的凹凸感
太多的好人就这样
忧愁着死去
太多的植物就这样
痛苦着变异
光阴的锋芒深入河床
流水还有对等的影子

现　场

泥头车　后轮下
那孩子的头颅和骨骼
涂在地上　黑色的洞
这事故以后的许多天里
一些人的灵魂就从这黑洞
掉下去

阳光充满了宽容

一切都是那么的无辜和疲惫
暖洋洋的午后　挖掘机安静下来
之前的雄性竟如此的毫无意义
阳光充满了宽容
麻雀们啄不透水泥沥青的阴险
它们向着城市俯冲
时而　又有几只惊恐地逃离
意淫者从不关心细节
草木在经历着历史性的创伤与缝合
简单的　反复的　持续的

被偷走的石榴

谁会在乎谁的存在
谁又在谁的秋天里
满腹异类　钢铁的机械
狂想决裂者的终极表白
挖掘机涂抹着崭新的明天
被彩旗忽略的　是风干在土壤里谁谁的血迹
速生杨的叶子落了　远方的雪痛了
众多的忙碌　岗坡未动
人们用机械削下去的只有夕阳
别人的意念里　我们始终都在它的光线之外
记忆　疼的根源
在光武西路动工之前　被偷走的石榴
幸福的局外人

它的假设

灯盏　夜的枝干
在水的摩擦和石头的裸露中
城市在麦苗又一次的假设里
远行的火把　值得敬仰
搭乘风或汽车的速度
从白河的仲景桥
顺势弥漫
飞蛾扑火的美
疲惫的安静　女贞树
暗示沦陷

雪花笑了

借一阵风　来敲打
深院门窗
夏　躲得老远
秋　装得枯黄
雪花笑了
它知道自己更不属于
春的鲜柔
雪花笑了
它轻轻地飘
它静静地怒放
洁白的颜色在不知不觉中
已覆盖了整个的冬

七月的莲蓬

盛装的器皿　液体有毒
刀　岸上的冷瓷　执着的底色
抹去栅栏　鱼儿自由自在
月光和荷塘
淋漓的雨很明亮
辗转是一种剥离　把你和夜分得很开
柔软　负责躲着的疼痛
七月的莲蓬
或是立在秋水上的一个斑疤

色浅的秋

色浅的秋　隔着玻璃的月光
忽远忽近的岸
十月　枝头
无眠的灯它有一盏的红
这一瞬间　夜和白天不懂妥协
破碎了魔瓶空幽的柔光
水不断漫过堤坝
风在柳梢　柳在风尾
秋是一种汪洋
这些没落的颜色
展示着　高贵的语言
金的色彩更如金的形状
在秋浓之巅　用夜的孤寂
去感受　触水即凉

枝头的柿子

八月　枝头的柿子熟了
它熟不过太阳的博大和完美
也熟不过月亮的温柔似水
但枝头的柿子
却熟透了它自己的梦想
熟透了这一院子的仲秋

若　离

烈酒　一堆怪异的篝火
群山臣服于夜
无限冷漠
忽然就很怕黑　想逃离
弱小的攀爬
贴近石头的坚硬
酒醉　受伤的蜥蜴貌若尸体
丑陋着　粗俗着　卑微着
它的心里却绽放着许多的美
芭蕉入梦　腐朽之上
灵芝重生

逃脱者　一切都来自梦境
生活是并不真实的呈现
出镜的精灵　侥幸的逃脱者
人类的轨迹比花草

略显生硬
多么生动的矛盾体
水恐惧自己的通透
它奔袭　它咆哮
它浑浊　它迷失
它学会了虚伪的安静

孤独的夜宴
木质的刨花填充大脑
从他的墓地里
走出来晨光
假如我刚看到的是海
它一定是
安静的　单纯的

冬　眠

冬眠　这与冷血或属性无关
深深的海水包围着
沉船的幸福感　会多于搁浅
途经的距离漫长
枝头冻僵的小白蛇
年　一半是喜庆　一半是血腥

南方之南

城　市

一条彻夜不眠的流水线
孤独　是这个时代的不良品

东　莞

一对半掩半露着的白嫩乳房
我在家乡偷窥着它
它在人生的记忆里丰满着我

广州站

一个算不上终点和起点的门口
走出一群脱轨的人

他们四处寻找通向天堂的路
有的人　越走越近
更多的人　却越走越远

深　圳

每条路都很宽
但路上没有容你驻足停留的地方
即便你已疲惫得像一堆废铁

这夜，在宝安

这夜　在宝安
我已经习惯宿舍工友
连连的咳嗽声
就像在龙岗的阿伟　说他已经习惯隔壁那女人
每晚的叫床声一样
1996 年　这对于记忆很重要
在三楼　我只看到一条街
再高点　也许三十层
你就能看穿一座城市
深圳松岗　罗田农场
山东的保安队长个子很大　四川的肥佬
能够做出香香的熘肥肠和汤米粉
河南人吃着河南产的方便面
小店老板是肥佬的妹夫　一个潮州人
这感觉新鲜得像农场里挂满枝头的芒果
我早就会开启水果罐头

现在却已弄不懂吃这新鲜水果的简单操作
在南方之南　我们用青春和机器
轰鸣出工业的文明
工业的文明却使我们身着这人生的奇装异服
1996 年　我的口袋只装回两个酒的牌子
一个是“一滴香”　一个是“沱牌”

一支烟

一支烟　我还是得说它的软
疼痛之后的软　软的烟雾从硬的鼻孔里出走
这会儿　我还要说它的轻　轻轻地飘散
硬　深入肺
曾经是怎样的翻滚　无人知晓
同样的黑暗里
或是在抽烟人的骨子里
燃烧　在眼皮子下　干掉一些属于自己的秘密
很过瘾　抽烟的人和一支烟沉默着
其实　他们一直在交谈　在叙说

在油田

继续在迷雾中
如果点上一根蜡烛　你的周围
会是昏暗的
作为器皿　很多人始终都在自我陶醉
忽略刀叉和烤肉一起燃烧

岁末的畅想如盘中坚果
五一路上　我和魔头不断地唠嗑
问号　惊叹号
零落一地
雪再次被撕开　撒欢儿的啤酒
充当下午的句号
皇帝又着新装
你我谁也不是神笔马良

这样的试探　毫无意义

虚和实之间繁生着四季
花开花落　依水的苍茫
熟悉的孤独　是我无数次都想砍倒的那些树
酒醒的时候　想起一个词语叫徒劳
村口的老榆树刚离开人世
黑乌鸦就开始怀念它
心伤是个无人认领的孩子

可以沉默
松软的沙土　身影不易栖息和停靠
让尘缘远离
这个时节　你可以沉默
善待自己的那些满腔热情
用果子的红鲜　弥补昔日里
春天的草率与鲁莽

抽烟的女人

这焦烤的城市　烈日下的街头
一个女孩　清凉般地润出
她挥挥手　她打开的士车门
远离麦田的人们　你可以做警察　做老板
我只想做我的的士司机
此时我载她驶离这家宾馆
就像我经常送其他人回家一样
车上的女孩很秀美　车上的女孩很性感
车上的女孩更带着一脸的忧愁
她一边说她很烦
她一边又在舒展揉在手里的两张人民币
她不停地打电话
她不停地发信息
她说她很孤独　她很需要一个人来陪
她不停地更换要去的目的地
最后她点上一支烟　用烟雾诉说

她的人生　她的悲伤
更多的时候　我喜欢就这样静默着
用树的语言　去和另一棵树交流
就好比我站在一个街口
无动于衷地去看人世间的一些匆忙
匆忙走过的人　匆忙驰过的车
此时的我　更是呆板的
好像路边的一尊雕塑
好像草地上躺着的累了的躯体
她谈她的情感　她的生活　她的哀怨
她终于长长叹了一口气
她停止了这足够她嗓干的诉说
这时　她才问我要不要抽上一支可以解闷的烟
我摇了摇头
她终于想下车了　她毫不在乎地付着不低的车费
她说她要去找个地方喝酒了
她说喝完酒再继续去找人民币
这个美丽的女人走了　生命中哀怨的烟雾
却笼罩着这的士的整个车厢
这个美丽的女人刚下车
又上来一位沉默少言的少女
她上来先燃支烟递给我
然后自己给自己也燃了支
直到下车　除了微笑　再没有多余的话语

南　方

南方是一九七九年圈下的一个战场
那里有无数战友　我们的兄弟姐妹
还有许多隐藏在光环下的敌人

当黑夜开始疲惫的时候
你就能感觉到　自己作为一粒有良知的种子的
那股力量

憧憬的石头

三月　私下里憧憬的石头　正怀着春
解放广场的西侧
合欢树被迫委身于斧子　再接下来
残暴和冷漠屑状飞扬
像风一样强大　鱼儿只能躲在水里
挖掘机燥热
成就了水泥楼群的狂妄
阳光下　沙子搅拌成谎言
铁丝的围墙　让我回不到曾是那么熟悉的村庄
葬礼的火焰
宛若黑夜降临时的袅袅炊烟
槐林　同样被蹂躏着
桃花渐远　春被剥去仅有的柔软

收割的人

月末　成队的收割机开过来
像成队挺着大肚子招摇过市的女人
它们轰轰隆隆　它们慢慢悠悠
也只有在这个时候　农机
才能很神气地从城市的街道上招摇着通过
它们穿过城里人的记忆
开进圈围着城市的麦田　开进六月
它们漾动夏的波纹
召集麦子们迅速地集结
在农家人的粮仓　这些成熟的麦子
迫不及待地讨论诉说这一年成长的经历
月末　成队的收割机开过来
城市的车轮　便开始挂上夏的燥热和秸秆的沉默

哀悼日

汶川，我们和你在一起

——题记

有只蝶儿飞离我的窗台　美丽的天府之国
汶川地震　震碎了我们的大好山河
震碎了我们父老乡亲的美好家园
那天起　巴山的夜雨开始不停地下
在我眼眶　在我枕边
这是一个多么残忍的黑色五月
灾区苦难同胞的身影不住地在我眼前晃
闪过三月九寨沟的风
顶破四月绵阳的雨
犹如恶梦初醒　苍天也同样不相信这无情的眼泪
也许晨光会掩埋这个消化不良的夜　而我的眼神
却怎也逃不出这夜的痛苦和憔悴
哀悼日　华夏的儿女们被这场灾难震怒了

九州鸣笛　江山致哀
自然界的恶魔啊　你地震　地震
看我中华儿女同心携手笑对你的残忍　你的余震
你的执着只会是一种令人心酸的滑稽
对于美好　我们会永不放弃　让你看看吧
劫后余生的小草　也会长出挺立的模样
大灾有大爱　让你看看吧
我们中华儿女永远的不屈与顽强
光明在黑暗之前　光明更在短暂的黑暗之后
哀悼日　我们轻轻拨弄这爱的灯盏
让逝者的亡灵静静地安息　给逝者以最后的尊严
哀悼日　我们轻轻拨弄这爱的灯盏
让活着的人们挺立成一片林子
我们来同守这片有爱的热土
天佑我中华　阳光更会在这里飞翔　让爱的光亮
绽放生命更耀眼的光芒
哀悼日　自然界的恶魔你听见了吗
中国加油　中国加油
哀悼日　爱在一座没有碑文的日子里

2008 年 5 月 20 日于南阳

第五辑　春天是持续的

拥　抱

晚饭时的巴士
街灯与小巷一起
拥抱出醒酒的雨

秋　有着石榴的风韵
时针的走势是
一些人卷烟　一些人吃菜

蝉虫爬过
一九八八年文化宫的西北角
图书馆　屋顶　鸽子

冰凉贴着温暖　脸贴着后背
鸽子是白色的鸽子
玉兰花的白

夜

夜是这么的无助
轰鸣的列车　和沉默的啤酒
经过这个点
才能够把它搭载

蛙声　虫鸣　倾泻而下的瀑布
幸福没能够如期而至
十月如此地漫长
节能灯下　玉米地　床上未翻开的书
窗外绵绵　似细雨

草是剥了心的皮　在人间
疯长

在雨中

蜷缩　像秋晨里独自醒来
未来是热的

露珠晶莹　多么可爱的想念
一千个性感湿润的唇

橡子们在数羊　钥匙压着纸币
坚果　光滑

河流每天都穿过城市
在雨中　什么是你在梦中一点就消逝的烟花

天凉了

四瓶“雪花”
这一天的结束曲

春夏秋冬
太多的过客
最好还是
自己拥抱自己

小鬼吹不灭那盏灯
母亲托梦说
今晚要盖厚被子

冬红果

漫步　或是私奔
岁月一直在精心酝酿
一个人

夹竹桃把夜分为站台和广场
空旷说不清的是
什么走了　还有什么最终留下来

安静的列车
驶入梧桐的街道
瞬间　幽深

这个适宜饮酒的午夜
玉兰花
自己感动着自己

不会有人用心去弄明白
符号　冬红果
过于简单

歌　声

如此地沉重　今夜
大风和烈酒始终都保持沉默

在玉米成熟的秋里
窗外　丝瓜却开始干瘪　幸福地干瘪

左摇右晃
急促的时针　或是散漫的日子

叶子逼疯了四季
也注定了自己有家难回

汽车成长在城市间
好比是刺进去　又拔出来

更多的疼痛
我们都久久无法喊出来

一个人的秋

万念俱灭　这个人
终究是要被尘世化了的
就像这荷塘
到头来只落得一池的标点符号
好在是还有秋天　骨子里的
那些明净

夕 雾

其实我一直想去看看你的那些花儿
那些能够闻到幸福的
墨兰时光
有花开的诗句　才是完整的
时空的净白和触摸的火红

在这么多个四季里　用一朵玉兰花
虚掩距离
白马的光亮　这么地近　这么地远
和你一起打开的酒
我会唤它为
夕雾

卷心菜

有段时日　你分不清它低着头
还是昂着头

它还经常比一瓶啤酒更沉默
它不晨练　它不聚餐
它不会去捐赠
更不会在游行的队伍中热血沸腾

更多的时候　它只是一颗跳动着的心
嫩绿的颜色比飞奔的铁器
更可爱

金　铃

清晨　鸟鸣的声音高过黑暗
密过街边梧桐
以及梅溪河岸的榆杨
夜又谢幕了一次

太阳是神手中的金铃　摇摇晃晃
阳光为人间送来
无限的财富和万物生机
有了它　这个世界才变得这么神奇

啤酒瓶空空满满
师院的围栏依次是木槿　蔷薇　凌霄　狗尾草
变异的芦苇荡　车流如沙　晨风似水
楼群　牛儿　白马入梦　不落的帆

雨

匆匆忙忙
它们急驰而过
只有被擦亮的城市停留在
一首歌曲里

很像这六月的荷塘
里面有破碎　外面是汪洋

荷　塘

雨
落在城市是通过
落在心里是抵达

你若庞大
一座城市就这样站立起
你若盛开
肆意的会是雨瓣上的这群涂鸦

六月的荷塘
我是那滴远来的
带给你疼痛的雨

春　天

想起这里　曾有桃花开过
眼下的草皮充当着光阴的又一拨过客
水在缓缓流动　这里的春天允许它流动
流动　天上的云彩
也就表示在活着
飘来飘去　孤独的自由的花朵

船形的芦苇荡停泊下来　一晃就是十几年
它的签名已萎黄
薄雾升起的是遥远的泊船和炊烟
炊烟　穿着圣洁的姑娘
胸口搁上好看的鲜红
阳光下　她似一棵香樟树挺立着

春天是雪手中的那盏灯吗
它一直这样看着我

看着我　城市向着麦田倒叙　融化干净的白
柔软　这烽火胀痛得像朵木棉
心吻过的以后叫迷人
迷人的春天　以后的以后

会笑的眼睛

继续缄默　那雪在城外白了整整一夜
它的庞然覆埋了玉兰花之外所有的颜色
衰草不愿再点燃萎黄
这样的冬天还是悄声而过的好

越走越远　接下来
春天的来临将会是一场无法绕过的纷扰
那些可爱的花朵
竞相开放着　蛊惑人心　或者前仆后继
就由它们去吧
比起阳光　一切都显得那么渺小

蝴蝶用翅膀落下黑暗
过期的躯壳　无须再去谈论
心　向着微笑　向着强烈　向着憨厚　向着善良
这是我送给今世　能够始终的唯一

春天是持续的

桃红是意外　梨花是修补的白
在这个被枯萎和灰暗用咒语笼罩的土地上
我们的春天原来是这样的庞大
那些细长的枝丫
怎能够发出大海的声音
只有真正的王者才能够做到舍身取义
他为春天找到了最好的出口
整体的释放　在完美中向纯洁和安静靠近
他让阳光展现着谜一般的微笑
春回大地　春天有春天的歌声
春天有春天的心
经过三月的山海关　春天是持续的

隔岸的渔火

下午的阳光散去之后
在漆黑的屋子里　风吹过
无痕迹的擦伤　他微笑
伟大的孤独随列车在麦田里继续穿行
幸福因你　由青而金黄

憨厚的黑乌鸦谨慎地书写着诗句
错过了光明　错过了黑暗
遗落的星体是隔岸的渔火
只是春天还可以有以后
它一定会去种束玫瑰送给你

梅溪边，有她的红

她的水　有白云的白
她的白里有水嫩的红
像三月的阳光　绽放着桃花的表情
暖暖的韵　风依偎过来
杨柳依依　在她春天的怀中

妖娆　不眠的夜
紫桐花一直在诉说安静
她的溪流　她的莲蓬
啊　梅溪　这柔情的宛城
我把白河叫做痴痴迷恋着她的先生
一块行走着的玉　梅溪边
看红若虹

踩响你，踩响它

三月　你的天空允许湛蓝
重温笛声
光阴带着儿时一晃而过　追寻它的背影
心头有道不尽的回味

童趣　客串出来的春天
在白河之滨　被脱逃者反复拾起
槐树林里植入诗句
冲淡的是暮色

记忆中有小脚丫子　三十年前的沙滩上
踩响你　踩响它

她伸出了手

尝试着打乱
像个孩子一样的勇敢
这是她欣赏你的地方

那缕阳光一直都在
如茧的黑暗终将会被打破的
到那时　你得到的不只是美丽的翅翼

她会用微笑看着你　安抚你
这明媚的世界
她　一直都是你的
假如你懂得去爱

在白河之滨

把持续的想念都吻下去
那小巷　就有了月光和满腹的甜蜜
枝上桃花在这晚　访问了三月
她的温暖已经可以替代整个春天
经过黑暗　经过光亮
经过风的颤动　经过水的波纹
在梦里轻轻吹响
一些粉红　抹去还在颓废着的灰暗
白河之滨
有白鹭飞起

梨花飞过

融化是必然的
世间隐藏着过多的污浊
纯洁被谁采摘
雪白　曾经那个等你的我

我们的春天总在不断地老去
现在才明白
相遇的意义在于一起去经历　去触摸
人间的烟火

心痛了　才证明这一切真实的存在
寻找和等待　耗去了生命太多的光阴
也许幸福就是远远地
望着　念着　想着

也许人生的意义就在于
我们总会
面对别无选择
曾经的雪　你的梨花飞过

含　蓄

车灯拐进来　又拐了出去
只是刺痛了一下眼
短暂的幻觉　这种含蓄不太适宜
对面的眼神里　有瞬间的漆黑

这夜　怎不让你的月光升起
给她最抒情的表白
而现在　灯盏在夜的黑发里萎缩
黑乌鸦有一杆街灯的卑微和沮丧

街　这样地安静
其实你早就知道
它们一定是在
等待着什么

空　白

你一直在纠结　清晨的鸟鸣
和昨晚的不快

朦胧的白河之滨
她已用月季花的艳
临摹出
四月的空白

你再也捕捉不到那层水的细微
她用刺眼的阳光　和疼痛的微笑
看着你和你的诗句
一并渐渐地走远

你永远只是个孩子　亲爱的
你始终都将会是
无能为力的不能改变的继续

短暂的缝合

叶子　好比是一树的麻雀
在某个冬日里忽地就散了
念着你　那些不离不弃的歌声
时而的温暖
日头下　众生呆头呆脑的模样
幸福就这般简单

光线滑倒
我们纵容短暂的缝合
拆迁　挖除　回填
灰土　沥青　钢筋　水泥
这是我降伏的怪兽
你看　现在它是多么的温驯安静

早上八点钟的光武西路　阳光　通途
我所有的一切都给你

真的很想就这样撒手而去
只留下　你懂的东西
我的今生因你而有价值和意义

日子其实就是
你给予我的每一次感动
一片一片
雪给了我纯净的胸怀
如你给了我
不能复制的诗句和幸福的语言
把你拥抱　让你掩埋
感受天地的宽容
柴火的温暖
明天　光亮

深冬的寒冷也不能阻挡
你的发梢柔动的蝶影
一起走过日子　深度的捕捉
很多个春天总是不懂得我
只想你简单快乐
我的苹果树
很茂盛　为你而长

女　儿

清晨的梦　里面有不自量力的自己
倾己所有　只为做一次人性的坚持
老人和小孩最终被我救起
和他们分别的时候
我说妮儿　亲叔叔一下吧
她会意地跑过来
在我脸上深情地亲了下　她的口水
顺着我的脸向下滑幸福的眼泪
看着她可爱的样子
我就对她说做我的女儿吧
她点点头　抱紧了我
这时　我的心也抱紧了她
就这样　我有了一个女儿
就这样　那老人和船
不知什么时候
已经悄悄地划走了